la formiga

la formiga

**altres títols publicats en La Formiga Blanca - Primers lectors**

1. *Els animals de la ciutat.* Vicente Muñoz Puelles / Noemí Villamuza
4. *Un cavall de foc.* Fina Casalderrey / Valentí Gubianas
7. *El llapis de la Rosalia.* Antón Cortizas / Sebastià Serra
11. *La Clara no para.* Braulio Llamero / Eider Eibar
13. *En Ricard, l'escultor.* Gianni Rodari / Montse Tobella
16. *El rellotge que no deia cucut.* Lucía Baquedano / Miguel Calatayud
19. *La meva veïna és una bruixa?* Carmen Gil / Escletxa
20. *L'ànec i el salze.* Mariasun Landa / Armand
22. *A mi no m'agraden els llibres.* Joan Portell Rifà / Oriol Hernández
26. *Aquest gos és tot un jardiner.* Lolita Bosch / Ester García

Hi ha unes *Propostes Didàctiques*, referides a aquest llibre, que els ensenyants poden descarregar-se de manera gratuïta a través d'Internet www.animallibres.cat.

El poema de la pàgina 56, «Cançó de finestra», pertany al llibre *Cançons de la lluna al barret* de Miquel Desclot, Edicions 62.



Apartat de correus 6141
08080-Barcelona
www.animallibres.cat
Disseny de la col·lecció: *Enric Solbes*
Impressió: *Grupo Gráfico Alzira*
Per cessió d'Edicions Bromera, S.L.

1a edició: *març, 2010*
2a edició: *octubre, 2010*
ISBN: *978-84-96726-85-7*
DL: *V-3941-2010*

PAPER ECOLÒGIC
TCF LLIURE DE CLOR

la formiga

Joan Portell Rifà

# A mi no m'agraden els llibres!

Dibuixos d'Oriol Hernández

*A la Paula i la Núria,*
*els meus dos Joanets*

–Un altre llibre? Vinga!, el que jo volia era una pilota de futbol, de les de reglament, per poder jugar a la plaça amb en Toni, en Jordi, la Irene i en Moha.

I és que en Joan, fill del famós escriptor Joan Lletra i de la professora Marta Ferit, n'estava fins al capdamunt de llibres. El dia de Reis, per Sant Jordi o per l'aniversari només li regalaven llibres, llibres i més llibres. I els seus avis, amos de dues llibreries de renom, també volien que el seu únic nét

es dediqués a la llibreria familiar. Per això sempre li regalaven llibres, llibres i més llibres. I en Joan Lletra Ferit, conegut pels seus amics com en Joanet, n'havia acabat fart, de tants llibres.

Era tanta la mania que en Joanet tenia als llibres que va decidir fer-los fora per sempre de la seva vida. Per això convocà tota la colla a la caseta del jardí. Per començar, encengué una barreta de sàndal de l'àvia Remei i preparà una poció màgica. Un beuratge a base de suc d'un mitjó del germà gran d'en Moha, un raig de colònia del pare d'en Toni i una cullerada de sucre, per endolcir.

Després d'unes paraules màgiques, es begué la poció tapant-se el nas amb una pinça per estendre la roba.

El resultat final va ser un mal de panxa que va deixar en Joanet clavat a la tassa del vàter durant dos dies. Això sí, allunyat dels llibres perquè no els podia ni sostenir.

–Però, mare i pare, per a què serveixen els llibres?

–Els llibres ens transporten a altres mons i ens conviden a viure altres vides...

–I t'ensenyen i t'eduquen i, molt especialment, et fan passar bones estones –li responien una vegada i una altra els pares, que esperaven convèncer en Joanet amb bones paraules.

Però, per més que es mirava els llibres, en Joanet no sabia veure enlloc el que els seus pares predicaven. I és que com que anaven sempre tan enfeinats, moltes vegades els consells només es quedaven en paraules.

Però tot començà a canviar en tornar de les vacances d'estiu. En Joanet havia quedat al «camp» amb tota la colla per fer un partit de futbol. La seva mare, malgrat que en Joanet intentà marxar de casa

sense fer soroll, abans de tancar la porta li preguntà:

–Joanet, t'emportes alguns llibres, no?

–Mare, com pots pensar que tindrem temps per llegir? Jugarem a futbol fins que sigui ben fosc!

Però, amb la cara que li va fer la mare..., en Joanet no va tenir altre remei que carregar la cartera de llibres.

Quan arribà al «camp», un descampat de sorra gruixuda on una relliscada volia dir acabar amb els genolls pelats, es trobà una gran sorpresa. Durant l'estiu havien convertit el seu «camp» de sorra en una plaça de ciment.

I s'havien quedat sense camp de futbol!

–I ara què farem?

–Ens han deixat sense porteries, ni àrees, ni córners...

–Quina merda! –I comentaris d'aquesta mena anaven de boca en boca.

De sobte, a en Joanet se li va encendre la bombeta:

–Ja ho tinc! Oi que tenim pilota?

–Sí! –van respondre tots a l'una.



–Oi que tenim plaça?

–Sí!

–Doncs l'únic que necessitem són dues porteries. Vinga, a buscar quatre pedres!

Però, renoi, per més que buscaven no n'hi havia cap ni una. Els operaris havien deixat la plaça neta com una patena.

–No trobem res de res. Què fem? –van dir plegats de braços tots a l'una.



I aleshores en Joanet mirà la bossa, n'observà el contingut i...

–Ja ho tinc! Els llibres!

I així va ser com van col·locar un llibre obert com a pal de cada porteria. I a jugar s'ha dit!

Va ser el millor partit que recorden els de la colla.

L'endemà, matí de dissabte, la mare i el pare havien marxat a comprar. En Joanet s'estava sol al pis assajant un dels seus xuts: el gol des del passadís per l'escaire del bufet del menjador, passant entre els respatllers de les cadires i el gerro de la tieta Clàudia.

Però en el moment just del xut sonà el timbre de la porta: «riiing».

En Joanet obrí la porta amb la pilota en una mà i les restes del gerro de la tieta Clàudia a l'altra.

Palplantada al replà de casa hi havia la Glòria, la veïna del primer, amb el petit Guillem en braços.

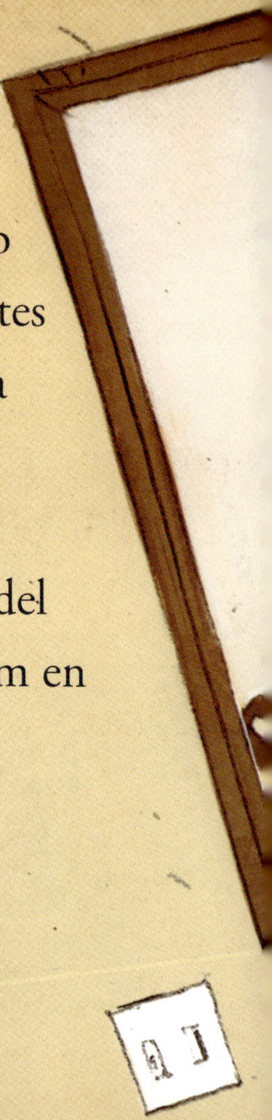

–Que hi ha els pares, Joanet?

–No, han anat a comprar.

–Resulta que m'han avisat de la feina per una urgència i he pensat: «qui pot fer-se càrrec d'en Guillem?». I per això he pujat. Així que, Joanet, et pots quedar cinc minutets amb en Guillem? Només seran cinc minuts de res.



–Com? Què?

–Va, té, agafa'l i cuida'l tan bé com la teva pilota, eh?

I així va ser com a en Joanet se li acabà l'entrenament i es trobà amb un marrec de poc menys d'un any penjat del braç. I la mare del marrec que se n'anava escales avall!

–I ara què faig?

Però va ser tancar la porta de casa que en Guillem començà a bramar com un lleó a qui li ha trepitjat la cua un elefant.

–Guillem, maco, mira què tinc... –i en Joanet li ensenyava la pilota..., però res de res–. Guillem, Guillemet, mira com bota la pilota... –i en Joanet vinga a fer saltar la pilota..., però res de res–. Guillemet, Guillemó, vols que fem taaat?



Però, tot i les bones paraules, en Guillem ja havia elevat els seus brams al nivell d'una sirena de bombers.

Desesperat, en Joanet va recórrer el pis de punta a punta buscant algun objecte que l'ajudés a calmar aquella fera: un sonall, un cotxe de joguina, un animal de peluix...

–Llibres, i llibres, i més llibres! Només hi ha llibres, en aquesta casa.

Passà per l'estudi, pel lavabo, per la cuina, per l'habitació... I la solució estava novament davant del seu nas: els llibres!

Entrà d'una revolada a la seva habitació i escollí dos llibres de quan era petit: *Allà on viuen els monstres* i la història del conillet Tabalet. Aquells llibres havien de ser, si us plau per força, la seva salvació!

Armat amb els dos volums, es va asseure davant d'en Guillem i començà a llegir fent la veu més dolça del món. A poc a poc, en Guillem s'anà calmant i mostrà un gran interès per tocar els llibres, tastar-los i rebregar-los. I va adormir-se quan la Marieta Cua-curta ensenyava, al seu fill Tabalet, els perills de sortir del cau.

Quan els seus pares van obrir la porta, van trobar en Joanet amb en Guillem adormit a la falda i les restes del gerro escampades pel menjador. I davant d'aquella imatge no es van veure amb cor

de castigar-lo per la trencadissa.
Mentre recollien les restes, la mare en veu baixa comentà:

–A nosaltres tampoc no ens agradava el gerro de la tieta, oi?

Però aviat, el primer dia d'escola, el món d'en Joanet es girà de cap per avall. A la classe d'en Joanet havia arribat una companya nova: la Naiana, una nena de pell colrada i ulls ametllats. Aquell dia en Joanet va descobrir l'amor per primera vegada.

La Naiana acabava d'aterrar de l'Índia, adoptada per una família del barri. I no entenia ni una paraula de català. En Joanet tenia, doncs, un gran problema: com s'ho faria per declarar-li el seu amor etern?

Potser la podria encantar amb paraules boniques? De ben segur que la Naiana no podria resistir-se a paraules com mar, amor, remor, blanc, blau, gladiol o, fins i tot, flam. Així que la clau estava en les paraules?

En Joanet començà a regirar el prestatge de llibres de poesia de casa.

Llegí uns quants dels millors poetes i algunes de les seleccions de poesies de tots els temps. Finalment, li caigué a les mans la «Cançó de

finestra», de Miquel Desclot, publicada en el seu llibre *Cançons de la lluna al barret*. La llegí una vegada, dues, i fins i tot tres. I li agradà tant la música de les paraules que va memoritzar aquell poema.

L'endemà, en Joanet agafà la Naiana pel braç. Se l'endugué a un racó del pati i, més vermell que un tomàquet, li recità:

Quan arribis pel bosc
i te m'acostis
t'ompliré de safrà
la cabellera
i et faré un davantal
de farigola.

I renoi si resultà aquell poema! La Naiana, emocionada pel so d'aquelles paraules, li engaltà el petó més dolç que en Joanet havia tastat mai. I tant i tant li agradà que repetí el mateix secret amb poemes d'altres escriptors. Van ser paraules plenes de màgia, dolces i plenes d'amor que van acostar la Naiana al català i en Joanet a la Naiana.

Des d'aquell dia, en Joanet
no s'estava de proclamar
pertot arreu:
–A mi no m'agraden
els llibres! –i immediatament
afegia en veu més baixa–:
Però llegir sí.